L'ARMÉE D'ORIENT

POÉSIES

Par F. COTI.

BOUCQUIN, IMPRIMEUR-LIBRAIRE,

RUE DE LA SAINTE-CHAPELLE, 5.

—

1856.

L'ARMÉE D'ORIENT

POÉSIES.

L'ARMÉE D'ORIENT

POÉSIES

Par F. COTI.

BOUCQUIN, IMPRIMEUR-LIBRAIRE,

RUE DE LA SAINTE-CHAPELLE, 5.

—

1856.

LE RETOUR DE L'AIGLE.

« Notre Aigle Impérial dont l'immense envergure
» Couvrait le monde entier, après un long exil,
» Reparaît triomphant dans nos jours de péril.
» Son vol audacieux électrise et rassure
» Les peuples alarmés par un sombre avenir.
» L'éclair éclate encore en sa serre brûlante,
» Mais ce n'est plus l'éclair d'horreur et d'épouvante ,
» C'est un soleil nouveau qui vient tout éclaircir ! »
Ainsi fut proclamé ce règne magnifique,
Avec la paix pour but, pour programme authentique.
Son œuvre s'annonçait par d'éclatants travaux ;
Des embellissements , des monuments nouveaux,

Des places, des cités, des marchés et des rues
Remplaçaient des amas de maisons disparues.
On travaillait aux champs, dans les villes, aux ports ;
L'Industrie et les Arts redoublaient leurs efforts :
Leurs ouvriers, ardents à créer des merveilles,
Consacrant à la lutte et leurs jours et leurs veilles,
Entassaient leurs produits, chefs-d'œuvre de la Paix,
Pour mieux inaugurer son splendide palais.
Quand, tout à coup, un cri d'alerte et de détresse
Retentit. Un géant s'attaque à la faiblesse.
Son génie, héritier d'impérieux desseins,
Méprise les traités et les droits les plus saints ;
Bravant deux nations dont la gloire est complète,
De l'empire des Turcs il rêve la conquête ;
Mais le Sultan, qu'il croit sans force et sans vigueur,
Se relève et résiste aux coups de l'agresseur.
Ses soldats aguerris, au cœur plein de vaillance,
Sont faibles par le nombre, ils invoquent la France.
Et l'Aigle que le Czar voyait en souriant,
Conduisant nos vaisseaux, vole vers l'Orient.
Il se montre d'abord calme et grand dans sa force ;
Il ne menace point, au contraire, il s'efforce
De ramener la paix au milieu des débats ;
Il parle de justice : on ne l'écoute pas.
Alors, présage heureux ! La France et l'Angleterre
Étouffent en un jour leur haine héréditaire ;
Comme deux fiers lutteurs qui, s'étant mesurés,
S'unissent à jamais par des liens sacrés,
Ces deux nations-sœurs désormais n'en font qu'une.
La cause du Sultan est leur cause commune ;

Elles barrent la route au Czar astucieux,
En mettant au grand jour ses plans ambitieux.

Devant cette union, tout le sang de sa race
Bouillonne dans son cœur : il s'irrite, il menace,
Et veut tout voir plier devant sa volonté.
On l'entretient en vain des lois d'humanité,
De tout ce qu'on respecte et que l'honneur consacre,
Sinope est sa réponse : un odieux massacre
Où furent écrasés sous le feu du canon,
Des milliers de martyrs tués par trahison.
Cette infâme action que l'Europe a flétrie,
Ce honteux guet-à-pens, œuvre de barbarie,
Dont s'est glorifié ce sinistre vainqueur,
A produit un éclat de colère et d'horreur.
Les peuples révoltés appellent la vengeance :
Il faut humilier l'autocrate en démence,
Qui de sa lâcheté n'a pas le sentiment,
Et brave avec dédain, vengeance et châtiment.
Aux armes, donc! Partez vers ces plages lointaines,
Phalanges de héros, légions africaines!
Sur vos vaisseaux, marins, sonnez le branlebas :
Vous allez préluder aux glorieux combats.
Poursuivez l'ennemi par delà le Bosphore,
Dans cette mer Noire où le crime règne encore.
Mais tout a disparu. Ces vaillants mitrailleurs,
Illustrés à Sinope, ont craint vos coups vengeurs.
Faits pour le guet-à-pens, et non pour les batailles,
Ils se sont retirés à l'abri des murailles

D'où voulait s'élancer l'ambition du Czar.
Mais en vain ils ont fui sous l'orgueilleux rempart
Tes superbes vaisseaux, ô vautour sanguinaire!
Plus haut que tes rochers l'Aigle a bâti son aire :
Il te tient fasciné sous son regard puissant
Et te fera payer bien cher le prix du sang.

Puisque la guerre plaît à son génie atroce,
Cherchons où nous pourrons mieux frapper le colosse.
Il voudrait nous tenir en son pays désert,
Pour nous faire lutter avec son rude hiver,
Et voir sous ses frimas notre armée engourdie
Fuir d'un nouveau Moscou le sauvage incendie;
Ne pas pouvoir combattre et succomber enfin
Aux étreintes du froid, au tourment de la faim.
Non, non, le temps n'est plus des victoires faciles,
Russes, nous connaissons vos manœuvres habiles.
Vos neiges maintenant ne seront rien pour nous;
Nous vous attaquerons sous des climats plus doux.

Ah! vous êtes vaincus aux murs de Silistrie....
Quelle humiliation pour la sainte Russie!
Les Turcs ont terrassé ses hautains grenadiers
Dont on nous exaltait les mérites guerriers.
Ils avaient lâchement souillé leur territoire,
Et les voilà forcés de le quitter sans gloire.
Puisqu'ils ont échoué dans tous leurs attentats,
Le Sultan ne craindra plus rien pour ses États,

Et la guerre à présent va prendre une autre face.
A nous, Occidentaux! à la première place !
Au bruit de nos clairons l'envahisseur a fui,
Mais il ne pourra pas nous échapper chez lui.

Devant Constantinople, au bas de la Crimée,
Une ville s'élève, enfermant une armée :
Formidable réduit, menaçant boulevart,
Abri fortifié par la nature et l'art.
Là, depuis soixante ans, on couve, on étudie
Un monstrueux projet de noire perfidie,
Un plan mystérieux tracé par les démons.
C'est là qu'on a coulé des milliers de canons,
Entassé des boulets, des armes, de la poudre,
Des machines d'enfer plus promptes que la foudre.
C'est là, dans les secrets de ce sombre arsenal,
Que le Nord carressa son rêve colossal ;
C'est là qu'est le danger pour notre indépendance ;
C'est là qu'il faut frapper pour briser sa puissance.

Guidez-vous donc, Soldats, sur l'Aigle dans son vol :
Votre gloire immortelle est à Sébastopol.

Embarquez-vous au son des joyeuses fanfares,
Et nous verrons surgir dans les steppes tartares
Des hauts faits inconnus à notre orgueil humain,
Dont l'histoire emplira son éternel airain.

Soldats d'un siècle libre et des nations vives,
Dieu conduit vos vaisseaux vers ces superbes rives.
Débarquez et marchez sans crainte et sans lenteur ;
L'ennemi vous attend, posté sur la hauteur
Qui domine l'Alma. Sa force est redoutable
Et sa position paraît inexpugnable ;
Il veut vous écraser sous ses masses de fer,
Et puis, comme il l'a dit, vous jeter à la mer.
Rabattez leur orgueil à ces Soldats-esclaves ;
En avant, vrais lions, fantastiques zouaves !
Gravissez ces rochers à la voix de Bosquet ;
La chèvre seule peut atteindre à leur sommet :
Grimpez comme la chèvre et bondissez en masse
Sur le Russe effrayé de votre insigne audace.
Et vous tous, en avant! lancez vos bataillons ;
Débusquez l'ennemi derrière ces buissons
D'où le plomb meurtrier s'échappe et vous ravage.
Vous, Anglais, avancez avec ce froid courage
Qui, lent et mesuré, ne recule jamais ;
Mêlez le sang breton à notre sang français ;
Sauvons la liberté commise à notre garde ;
Côte à côte, en avant : le monde nous regarde !
L'Alma devient alors comme un ruisseau sanglant ;
La mitraille renonce à vaincre notre élan ;
Et partout l'ennemi plie et bat en retraite...
Quatre heures ont suffi pour créer sa défaite.

Vieux Soldats d'Austerlitz et de la Moskowa,
Vos fils sont vos égaux sur les champs de l'Alma :

Les boulets ont rasé leurs fronts couverts de gloire,
Et la même valeur leur donna la victoire !
Comme vous ils ont su porter leurs premiers coups,
A leur premier combat ils sont grands comme vous !

Oui, ce sont bien les fils des héros de la France,
Ces vainqueurs de l'Alma ! mais leur œuvre commence.
A peine ont-ils chanté leur gloire en ce grand jour,
Qu'ils reprennent leur course et, par un long détour,
Ils vont poser leur camp devant la forteresse
Où les Russes battus abritent leur prouesse.

La lutte change ici d'aspect et de grandeur.
C'est peu pour nos Soldats de prouver leur valeur ;
Il ne leur suffit pas, au fort de la bataille,
D'entendre sans frémir résonner la mitraille :
Ils auront à passer par de cruels moments
Dans un combat affreux avec les éléments.
Oui, partout on connaît leur fougue irrésistible,
Leur entrain au milieu du feu le plus terrible,
Mais on dit que bientôt leur esprit abattu
Les trahit, par défaut de solide vertu.
Non pas, admirez-les ! le fléau les décime,
Et, comme leur valeur, leur constance est sublime !
Voyez-les, renversant les murs, les bastions,
Calmes dans la souffrance et les privations.

Mais pour ses fiers enfants la France est bonne mère !
Elle n'épargne rien pour calmer leur misère :

Des deux mains elle donne et fait un sort meilleur
A qui verse son sang pour garder son honneur.
On compte des Soldats dans toutes les familles,
Et, pour eux, vous voyez dames et jeunes filles
Effiler la charpie en songeant aux blessés.
A payer leur tribut tous se sont empressés ;
Et, chacun agité d'émotions intimes,
Riche on donne de l'or et pauvre des centimes.
Les coffres sont remplis, pour les jours incléments,
De tabac, de liqueurs et d'épais vêtements.
Et, nos Soldats feront mentir la prophétie
Qui les montrait vaincus et frappés d'inertie,
Tombant sous les frimas de ces noirs horizons.
Le *général Hiver* avec ses aquilons,
Ses ouragans glacés, et ses torrents de neige,
Les verra toujours forts dans ce célèbre siége,
Et, gagnant du terrain sans reculer d'un pas,
Victorieux après onze mois de combats.

Pendant cette campagne aux luttes incessantes,
Que de faits glorieux, que d'actions brillantes !
D'abord, c'est Saint-Arnaud, le vainqueur de l'Alma,
Qui voyant près de lui la mort, se ranima ;
Et pour livrer bataille à son heure dernière,
Fit reculer la mort ; et finit sa carrière
Entouré de respects, d'honneurs et de lauriers,
Au bruit retentissant des triomphes guerriers.
C'est Lourmel qui s'élance avec sa noble audace
Devant la brèche, et meurt comme un héros du Tasse.

C'est Canrobert dont l'acte est un événement
Digne des temps anciens. Sous son commandement,
Il a, tout un hiver, conservé notre armée ;
Ses Soldats, ses enfants, qui creusent la tranchée,
L'admirent chaque jour, s'exposant au danger,
Pour presser leurs travaux, pour les encourager.
Mais quand il a rempli sa tâche difficile,
On lui parle d'un chef plus hardi, plus habile;
Sans orgueil il s'incline et, pour être plus grand,
Lui chef suprême, il va combattre au second rang.
C'est Camas traversant une masse ennemie
Pour son drapeau qu'il sauve en lui donnant sa vie.
Et tous ces noms nouveaux, jusqu'à nous parvenus,
Resplendissant auprès des noms déjà connus.
Bosquet de qui la gloire est chaque jour plus grande ;
Mayran, Bizot, Brunet, Brancion, Lavarande,
Qui sur ce sol conquis ont trouvé leur tombeau.
Tant d'autres dont le rôle est si noble et si beau !
Nos médecins toujours à leur tâche imposante ;
Nos sœurs, nos aumôniers dont la voix consolante
Verse, au milieu des camps sillonnés par le feu,
Dans l'âme des mourants, la clémence de Dieu.

Niel développant sa science infinie
Dans les lignes qu'il trace aux sapeurs du génie ;
Ces hardis travailleurs, ces Soldats ouvriers,
Impassibles et lents sous les feux meurtriers
De la ville ennemie, entr'ouvrant cette terre
Où leur sape n'atteint que le roc et la pierre ;

Hamelin et Bruat, suivis de leurs marins
Éprouvés sur la mer et sur tous les terrains;
Matelots et soldats, leurs oreilles sont faites
Aux foudres du canon comme au vent des tempêtes;
Ces deux princes du sang mêlés à l'action
En vrais soldats, Cambridge avec Napoléon,
Jaloux d'avoir leur part de gloire et de souffrance
Sous les drapeaux unis d'Angleterre et de France.
Après eux retentit le nom de Pélissier.
Devant Sébastopol arrivé le dernier,
Il se pose en héros, favori de la guerre :
Son entrée en campagne est un coup de tonnerre.

Nos vaillants alliés ont chacun leurs hauts faits,
Leurs combats, où par eux les Russes sont défaits.
Comme à Balaclava, les troupes britanniques
Dans les champs d'Inkermann se montrent héroïques;
Les Turcs ont triomphé devant Eupatoria;
Les soldats piémontais ont sur la Tchernaïa
Reconquis leur vieux nom, et ce fait qu'on publie
A semé quelque espoir au cœur de l'Italie.
Tous auront de grands noms à citer : Iskender,
Lamormora, Raglan, Simpson, Dundas, Omer,
Montevecchio tombant dans sa vieillesse ardente
En chargeant l'ennemi que son choc épouvante.

Enfin, cette œuvre arrive à son couronnement.
Ce drame merveilleux aura pour dénoùment
Un des coups familiers aux enfants de la France.
Les Russes, qu'illustra leur longue résistance,

Rassemblent leurs efforts derrière Malakoff ;
C'est leur dernier espoir ; et déjà, Gortschakoff
Fait préparer le pont bâti pour leur déroute.
Nos soldats sont au pied de l'horrible redoute ;
L'assaut semble impossible au cœur le plus hardi ;
Mais rien ne les effraie, et c'est en plein midi
Qu'ils iront se jeter dans l'ardente fournaise
Avec l'emportement de la fougue française.
Ils n'aiment pas la nuit ni les épais brouillards ;
C'est par un grand soleil qu'ils brisent les remparts :
Il leur faut des rayons éclatants de lumière,
Pour éclairer les jeux de leur fête guerrière.
Midi sonne, ils sont prêts..... ils s'animent entre eux,
S'accrochent à ces rocs environnés de feux ;
S'aidant des pieds, des mains, franchissant les obstacles ;
Eux-mêmes sont surpris d'accomplir ces miracles,
Quand notre drapeau flotte au sommet de la tour.
Un combat acharné s'engage tout le jour ;
Mais lorsque la nuit vient toute lutte est stérile,
Et les Russes, vaincus, abandonnent la ville,
Ne laissant derrière eux qu'un spectacle d'horreur,
Dominé par les cris de *Vive l'Empereur !*

Sébastopol est pris ! En tous lieux, comme en France,
Ces trois mots sont un hymne, un chant de délivrance.
Aux yeux des nations s'ouvre le voile épais
Répandu sur le front souriant de la Paix.
Avec Sébastopol périt la politique
Qui nous avait voués au joug autocratique.

Vive à jamais la France, et vive l'Empereur !
A vous, braves soldats, à vous les croix d'honneur.
Vous serez célébrés dans nos réjouissances,
A l'heure consacrée aux nobles récompenses,
Avec ces travailleurs venus de toutes parts
Et qui portent si haut l'Industrie et les Arts.
Vous avez protégé leurs œuvres, leurs merveilles ;
Vos succès sont égaux, vos gloires sont pareilles:
Sur la même colonne on gravera vos noms
Et les mêmes lauriers couronneront vos fronts.
Paris, la capitale immense et transformée,
Paris, propagateur de toute renommée,
Retentissante voix qui parle à l'univers,
Réunit dans son sein tous les peuples divers.
Le monde entier assiste aux fêtes solennelles
Que l'Aigle impérial abrite sous ses aîles;
Artistes et soldats, tenez-vous par la main,
L'Aigle va proclamer son vote souverain.
Il a, pour les combats, la foudre dans sa serre,
Mais, paisible aujourd'hui, son flambeau vous éclaire;
Dans la guerre et la paix, il est victorieux,
Et depuis son retour, il plane dans les cieux!

Paris, 15 Novembre 1855.

KOUGHIL.

Lève-toi, mon cheval, voici le boute-selle...
La trompette enivrante au combat nous appelle.
Enfin notre campagne à nous va commencer :
Sur les rangs ennemis nous pourrons nous lancer.
Nous souffrions beaucoup ici de ne rien faire,
De voir le fantassin briller seul dans la guerre :
Il me faut un succès pour être son égal,
   O mon fougueux cheval !

Ouvre ton œil de feu, prends ta démarche altière,
Laisse jouer au vent les flots de ta crinière.
Montre ton beau poitrail, tes élégants sabots,
Et le souffle enflammé de tes larges naseaux.
Rappelle-toi nos jeux, nos chasses intrépides,
Nos courses au soleil dans les déserts numides,
Tes galops triomphants, nos vives fantasias
   Et nos riches razzias.

Pour soutenir l'honneur et le rang de ta race,
Il faut être toujours à la première place.
Tes pères figuraient dans les fiers escadrons
Qu'on voyait ondoyer aux bouches des canons,
Et qui semblaient porter des êtres fantastiques.
Ils nous ont inspiré des poèmes épiques,
Ces coursiers balafrés à la charge d'Eylau
     Et morts à Waterloo.

Allons, c'est le signal, porte-moi dans la plaine,
Le brutal a grondé ; cours sans reprendre haleine...
Enveloppons, sabrons les baskirs, les pandours,
Les cosaques du Don qui nous fuyaient toujours.
En avant, en avant, galope, fond et passe
Sur ces lourds artilleurs dont le feu nous menace...
Leurs canons ont vomi la mitraille sur nous
     Sans ralentir nos coups.

Dans leurs carrés épais il faut que tu nous jettes.
Courage, mon cheval, franchis leurs baïonnettes :
Ils ont osé braver les cavaliers français,
Et se glorifier de nous avoir défaits ;
Ils nous ont rappelé nos sublimes désastres...
Va, notre gloire encor montera jusqu'aux astres
Si tu réponds toujours aux élans de mon cœur
     Avec la même ardeur.

Que nous veut ce cosaque avec son arrogance !
Croirait-il que je crains la longueur de sa lance. —
Mon sabre la lui brise, — il cède à notre choc,
Je l'étends à tes pieds avec un coup d'estoc.
Double ton bond terrible et leur perte est certaine ;
Vite, courage, et sus au chevaux de l'Ukraine...
Ils sont cernés, — soldats, généraux, officiers, —
  Les voilà prisonniers.

O mon brave cheval, sois fier de ta journée ;
Nous voulions la victoire et tu nous l'as donnée.
La France qui sur nous vient de jeter les yeux,
Ajoutera Koughil à ses jours glorieux.
Reposons-nous, — voyons, si quelque égratignure,
Si quelque coup te force à changer ton allure, —
Marche un peu, — tu n'as rien, — ah ! viens, embrasse-moi ;
  Je suis content de toi.

Maintenant saute, piaffe, ô mon coursier agile,
Mais, — halte ! — inclinons-nous, saluons d'Allonville,
Le général vainqueur. — Saluons à leur tour
Ces soldats mutilés, ces victimes du jour,
A qui le mal arrache à peine des murmures,
Et qui peuvent survivre à plus de vingt blessures.
Puis, mêlons, pour les morts, les éclats du clairon
  Aux salves du canon.

Tu hennis, et ton cœur comme le mien tressaille,
Tu voudrais nous gagner encore une bataille.
Mais, vois dans notre camp s'allumer tous ces feux;
Entends les chants de gloire et les refrains joyeux.
Viens, nous boirons ensemble, ô ma vaillante bête!
Tu mérites bien d'être un héros de la fête.
Viens, nous célébrerons, nous chanterons en chœur,
    La France et l'Empereur!

ABD-UL-MEDJID.

Gloire au fils de Mahmoud, sultan victorieux!
Au noble Abd-ul-Medjid plus grand que ses aïeux.
Pour ses droits attaqués dans une injuste guerre,
Il a dressé le front, brandi son cimeterre,
Réchauffé les vertus de son peuple croyant.
   Honneur à lui! Le soleil d'Orient
     N'a pas de flamme plus brillante
       Que sa gloire éclatante!

Lui qu'on osait traiter de faible souverain,
S'est révélé puissant au fracas de l'airain.
Ses soldats ne sont plus ces cruels janissaires
Aux projets insensés, aux actes téméraires,
Horreur des vrais croyants et de la chrétienté...
   — Soldats du droit et de la liberté,
     Ils ont à leur indépendance
       Consacré leur vaillance.

Des martyrs, dont l'histoire inscrira tous les noms,
Combattaient en géants ou comme *des démons*,
Rivés à leurs vaisseaux dans le port de Sinope...
Ils eurent les regrets, les bravos de l'Europe
Étonnée, admirant, dans leur sombre valeur,
   Ces Turcs, pareils aux marins du *Vengeur*,
     Qui, dans les flots, devant la ville,
       Périssaient quatre mille.

Ils étaient réunis sous les ordres d'Osman ;
Le désir de la gloire était leur talisman...
Aussi, par trahison quand on vint les surprendre,
A leurs vils assassins, plutôt que de se rendre,
Un contre dix ils ont lutté jusqu'à la mort...
   Et, triomphants dans leur suprême effort,
     Ils ont mêlé dans leur prière
       Leurs adieux à la terre.

Les autres plus hardis, plus forts que les lions
Du désert, ont donné l'exemple aux nations.
Ils ont battu vingt fois, dispersé des armées
Qu'à prix d'or et de sang les Czars avaient formées.
Sous leurs pachas Hussein, Moussa, Saïd, Omer,
   Ils ont vengé leurs désastres sur mer...
     Leur valeur sauva Silistrie,
       Rempart de la patrie.

Chaque jour le soleil éclairait un combat
Des îles du Danube aux murs de Kalafat.
Giurgewo, le dernier, de sanglante mémoire,
Fut pour leurs ennemis le jour expiatoire.
Officiers et soldats, princes et maréchaux,
   Guerriers bronzés, blanchis sous les drapeaux,
      Sans racheter une défaite
       Ont dû battre en retraite.

Gloire au fils de Mahmoud ! Ses sujets autrefois
N'avaient pas de patrie... Ils ignoraient sa voix.
Les Croyants n'écoutaient que celle du Prophète ;
Les Rajas opprimés la déclaraient muette.
Mais il fit retentir ses sublimes accords...
   Soudain ont fui les haines les discords
      Semés par la fausse croyance
       Avide de vengeance.

Son bras a secoué la torche du progrès ;
Il a planté l'olive où croissait le cyprès.
Sa pensée est féconde : elle s'est appliquée
A respecter l'Église autant que la Mosquée.
Ses peuples, devenus Nation par les lois,
   Verront, heureux et libres sous leurs toits,
      S'ouvrir avec la nouvelle ère
       Tout un siècle prospère.

Ils chanteront toujours : gloire au victorieux,
Au noble Abd-ul-Medjid plus grand que ses aïeux!
Il a sur les méchants brandi son cimeterre,
Fait succéder la paix au fléau de la guerre,
Répandu sa bonté sur son peuple croyant.
 Honneur à lui! Le soleil d'Orient
  N'a pas de flamme plus brillante
   Que sa gloire éclatante.

A LA MÉMOIRE DES CORSES

MORTS EN CRIMÉE.

Vis-à-vis de l'Espagne et près de l'Italie,
    Entre Marseille et l'Algérie,
S'élève au sein des flots l'île au fameux destin :
La Corse que la France adopta pour sa fille
    Et fit asseoir à son festin.
Elle offrit en entrant dans la grande famille,
Ses côteaux d'oliviers, ses pins harmonieux,
    Ses vignes, ses campagnes
    Et ses rudes montagnes
Au front couvert de neige et perdu dans les cieux !

Ses enfants au cœur chaud, nourris de pensers graves,
    Furent soldats, jamais esclaves,
Payèrent de leur sang leur titre de Français
Sous les Rois, sous l'Empire ou sous la République,
    Dans nos revers et nos succès.
On les a vus brunis par le soleil d'Afrique

Comme autrefois glacés par les neiges du Nord,
>> Portant haut leur bannière;
>> Et leur ardeur guerrière
N'a jamais su fléchir devant les coups du sort.

Dans les jours solennels où la Mère-Patrie
>> Se déclare en danger et crie :
Corse, à moi tes bergers, à moi tes montagnards!...
Ils partent pour la guerre enrôlés par centaines,
>> Avec du feu dans les regards.
Et qu'ils soient vieux soldats, conscrits ou capitaines,
Ils courent hardiment au devant du canon
>> D'où la foudre s'échappe,
>> Et si la mort les frappe,
Ils sont fiers de mourir en illustrant leur nom.

Hier encore ils luttaient dans les champs de Crimée
>> Où leur phalange décimée
Compte parmi ses morts quatre-vingts officiers !
Sur eux a rayonné le soleil de la gloire
>> Autant que sur leurs devanciers.
La Corse désolée, honorant leur mémoire,
Leur élève des croix en place de tombeaux;
>> Puis, orgueilleuse mère!
>> Elle fait sur la pierre
Graver en lettres d'or les noms de ses héros.

Ils sont morts renversés par la balle ennemie,
    Ou vaincus par l'épidémie,
Plus terrible cent fois que le plomb ou le fer.
Leurs cyprès sont plantés sur ces plages funestes
    Dont la guerre a fait un désert.
Mais le drapeau français flotte encor sur leurs restes.
Oui, leurs corps sont couchés dans les champs glorieux
    Témoins de leurs faits d'armes,
    Et baignés par les larmes
De tous leurs compagnons fiers et victorieux.

Vous, pour qui les destins furent impitoyables,
    Amis, parents inconsolables !
Un touchant intérêt s'attache à votre deuil ;
Montrez-nous fièrement vos pleurs, votre souffrance,
    Pour ces morts qui sont votre orgueil.
Leurs veuves et leurs fils, orphelins de la France,
Auront pour héritage un souvenir d'honneur,
    Et l'Empereur, leur père,
    Ému de leur misère,
Épuisera pour eux les bontés de son cœur.

Et toi, Corse éprouvée, ô notre île chérie !
    O mère accablée et meurtrie !
Lève ton front courbé sous tant de coups affreux !
Vois tes autres enfants, voués aux sacrifices,
    Toujours debout et vigoureux.
Leurs membres sont marqués de nobles cicatrices,

Mais leur âme est de bronze... Ils reviendront un jour
Visiter ton rivage,
Et leur mâle courage
T'offrira des lauriers pour payer ton amour !

LE RETOUR DE CRIMÉE.

La rue est en émoi. — Sur la place publique,
Le tambour réunit notre garde civique.
Le long des boulevards, les promeneurs joyeux
Pressent les doubles rangs des uniformes bleus.
La capitale, avec ses beaux habits de fête,
Partout a pavoisé ses maisons jusqu'au faîte.
Ouvriers et bourgeois, gardes nationaux,
Femmes, enfants, vieillards, veulent voir les drapeaux
Déchirés et troués par le plomb en Crimée
Aux mains des héritiers de notre Grande Armée.
Non, jamais dans Paris plus noble émotion
N'aura fait tressaillir la génération.
Préparez vos bouquets, ouvrez vos yeux avides,
Les voilà revenus, nos soldats intrépides.
L'Empereur entouré d'un cortége pompeux
Et des princes du sang, accourt au-devant d'eux.
Les acclamations seront des plus complètes....
Tambours, battez aux champs ; retentissez trompettes.

Canons, faites vibrer votre éclatante voix,
Comme pour recevoir des reines ou des rois.
Ils sont rois, eux aussi, par le cœur, la vaillance,
Par leur sang répandu pour l'honneur de la France,
Par leurs exploits et par les maux qu'ils ont soufferts,
Par les lauriers sacrés dont leurs fronts sont couverts.
Devant eux, aujourd'hui, toute gloire s'efface....
Chapeau bas : — c'est l'honneur de la France qui passe !

Dans ce jour mémorable et cher à tous les cœurs,
On se sent orgueilleux d'applaudir ces vainqueurs.
Tous les bons sentiments remportent la victoire :
Où sont donc les partis quand on parle de gloire,
De patrie et d'honneur ?... Ils sont évanouis :
Chacun est inspiré par l'amour du pays ;
Chacun voit son ami, son enfant ou son frère
Dans ces héros rendus à la France, leur mère.
Ce vieillard invalide admire avec bonheur
Son enfant qui revient avec la croix d'honneur ;
Cet ouvrier s'enivre à dire à sa compagne
Les hauts faits de son fils dans l'illustre campagne :
Il est parti soldat, et, quoique jeune encor,
Il a gagné la croix et l'épaulette d'or ;
Et cette jeune fille, au visage de reine,
Est là pour acclamer son frère capitaine :
Quand il souffrait là-bas, elle priait pour lui,
Et son bonheur est grand de le voir aujourd'hui.

Les voilà, — l'Empereur, au nom de la patrie,
Est venu leur parler.... et sa voix attendrie,

Aux accents chaleureux et calmes tour-à-tour,
A vanté leurs travaux, célébré leur retour.
Il a fait retentir ces notes si puissantes
Qui rallument l'ardeur dans les âmes vaillantes,
Éclairent vivement les graves questions
Et savent pénétrer au cœur des nations.
Les voilà ! sur ses pas s'ébranlant à son signe :
Passez, braves enfants des régiments de ligne,
Gardes impériaux, grenadiers et chasseurs,
Voltigeurs et soldats du génie, artilleurs
Et zouaves-chacals. Passez, gendarmerie....
Vous êtes les enfants aimés de la patrie,
Et le peuple appelé la Grande Nation
Est là pour concourir à votre ovation.

Défilez devant nous, glorieuses phalanges !
Mêlez vos cris joyeux aux concerts de louanges,
Aux vivats-spontanés qui partent de nos cœurs.
Passez, brillants guerriers ! passez, triomphateurs !
La France avait gravé dans ses riches annales
D'éblouissants combats, des luttes colossales,
Sa gloire avait volé jusqu'au plus haut des cieux,
Et l'univers chantait l'œuvre de nos aïeux....
Grâce à vous, elle inscrit des victoires nouvelles
Sur le livre sacré des œuvres immortelles....
Nos pères triomphaient avec tant de splendeur
Que nous n'espérions plus atteindre à leur hauteur ;
Mais vous avez si bien compris leur héritage,
Qu'étonnés de vos faits et de votre courage,

Les ennemis pensaient qu'ils avaient devant eux
Les guerriers surhumains des siècles fabuleux.

Passez et défilez devant l'Impératrice,
De tous les affligés la douce bienfaitrice ;
Sur son visage elle a les traits de la Bonté
Et son cœur excellent est plein de fermeté ;
Fille d'un des guerriers qui luttaient pour la France,
Elle aime à contempler votre mâle assurance.
Votre air, que l'ennemi n'a pas vu sans frémir,
D'un noble mouvement la fera tressaillir ;
Et son sein, qui conçut à l'heure des batailles,
Sentira s'agiter le fruit de ses entrailles,
Éveillé par vos cris et vos airs triomphants.
Puisse-t-il être un fils que verrons nos enfants
Parcourir, enrichi des grâces de sa mère,
Le sentier glorieux que lui trace son père.

Défilez — mais ici, soldats, inclinez-vous.
Honorez ces géants dont le Monde est jaloux,
Et qui nous ont légué cette œuvre impérissable,
Ce monument empreint de leur force indomptable :
La Colonne, élevée à leurs premiers succès,
Dont nous sommes si fiers, nous qui sommes Français.
La Colonne, éclatante et sublime épopée
Empruntée aux canons conquis par leur épée ;
La Colonne, admirable et digne piédestal
De notre demi-dieu, de l'homme sans égal,
Du colosse-martyr au multiple génie,
Du soldat fondateur de notre dynastie.

Regardez, regardez !... De sa base au sommet
La Colonne répand un fulgurant reflet
Et semble s'animer dans toute sa spirale....
Vos pères ont quitté leur pâleur sépulcrale....
Ils paraissent vivants. — Leurs visages bronzés
Sont rayonnants de joie, et leurs glaives brisés
S'agitent dans les airs en signe de victoire,
Comme pour saluer votre naissante gloire....
Le grand Empereur même, ému d'un jour si beau,
A dépouillé son front des ombres du tombeau,
Et, vous caressant tous d'un paternel sourire,
Il vous dit de sa voix où son âme respire :
Vous vous êtes, soldats, montrés dignes de nous,
Continuez, enfants, je suis content de vous.

Et maintenant, venez aux fêtes fraternelles,
Dans les palais construits sur des places nouvelles ;
Contemplez les chefs-d'œuvre élevés par nos mains....
Lorsque vous combattiez aux rivages lointains
Nous avons célébré les Arts et les Sciences,
Les Métiers, l'Industrie.... et les intelligences
Du monde entier ont vu couronner leurs travaux....
Venez, venez vers nous, artistes, vos rivaux,
Venez voir s'achever, comme aux temps des féeries,
Le Louvre qui s'attache au flanc des Tuileries.

F. COTI.

Paris, 28 décembre 1855.

3

TABLE.

Paris. — BOUCQUIN, Imprimeur, rue de la Sainte-Chapelle, 5.

9 782019 700058